따뜻한 밥

마이노리티시선 33

따뜻한 밥

지은이 신경현
펴낸이 조정환·장민성
책임운영 신은주 편집부 오정민 김정연 영업부 정성용

펴낸곳 도서출판 갈무리 등록일 1994. 3. 3. 등록번호 제17-0161호
인쇄 2010년 11월 30일 발행 2010년 12월 12일

주소 서울 마포구 서교동 375-13호 성지빌딩 302호
전화 02-325-1485 팩스 02-325-1407
website http://galmuri.co.kr e-mail galmuri@galmuri.co.kr

ISBN 978-89-6195-031-2 04810 / 978-89-86114-26-3 (세트)

값 7,000원

이 도서의 국립중앙도서관 출판시도서목록(CIP)은 e-CIP 홈페이지(http://www.nl.go.kr/ecip)에
서 이용하실 수 있습니다.(CIP제어번호: CIP2010004257)

따뜻한 밥

신경현 시집

갈무리

차례

1부

3부

1부

겨울 논에서

위태로운 돌담위에서
여름 한 낮을 견뎌온,
지금은
눈을 맞으며
고요히 누운 땅
굽은 등으로 돌아가는
누군가의 뒷모습과 땀 냄새를
조용히 바라보던
평등한 땅
바람소리 새 소리
언 땅을 스치며 지나가는
쓸쓸한 아버지의 땅

발가락

—아버지

왜 그런지
그땐 알 수 없었다
어려서는 눈이 밝지 못해 몰랐고
머리 굵어져선 용서할 수 없어 몰랐다

이불 밖으로 삐죽 튀어나온
앙상한 발가락에
먼저 눈이 가는 지금도
뭘 알아야 하는지
알 수 없다

저 발가락을 지탱하고 있었던 게 뭔지
저 발가락을 바라보는 젖은 눈빛의 여자,
그 여자의 그림자가 왜 그렇게 쓸쓸하게 보이는지
알 수 없다

마른기침을 달고 살아가는
기다릴 일이라곤 죽음밖에 없는

하루 종일 누워 천장을 바라보는
저 늙은 남자의 쭈글쭈글한 생
그 남루한 생의 뒷모습을
우울하게 바라보는 이 풍경이
뭘 말하는지
알 수 없는 눈물은
왜 자꾸 차오르는지
알 수 없다

가난한 동네

가난한 동네엔
가난한 사람들만 산다
가난이 가난을 부르고
가난의 일가친척인 슬픔과 눈물이
서로를 껴안는 동네

가난을 떠나기 위해
노력하면 할수록
가난은 더욱 가까이 오고
결국 가난을 떠나기보다
세상을 떠나는 게 쉽다는 걸
알게 되는 가난한 사람들

가난을 먹고 마시고
가난을 껴입고 엉거주춤 춤을 추다보면
봄이 어떻게 꽃을 피우는지
여름 장마가 누구네 안방을 덮치는지
겨울 그 쓸쓸한 첫눈을 맞고 헤어지는 사람이 누구인지

눈 감고도 알게 된다
그렇게
가난한 동네엔
오늘도 가난한 사람들만 산다

개폼 잡고 쓴 시

살아온 날들을 생각 한다
생각해봐도
잘 생각나지 않는 날들이 더 많아
그렇고 그런 날들은
매번
그렇고 그렇게 지나갔고
그럼에도
매번
푹푹 빠지는 진창은
푹푹 한숨을 만들었다

잘 가란 말은
뭐가 갔다는 건지
알 수 없어 어색했고
반갑단 말은
뭐가 새롭게 온 건지
알 수 없어
인사에 서툴렀던 날들

서툰 인사만큼
서툰 관계의 연속
그래서 늘,
삐거덕 되던 날들

짝다리도 짚어보고
담배도 꼬나물어 보고
오지게 술도 마셔보고
이래도 보고
저래도 봤던 날들
결국 아무것도 아닌
날들

혼자 슬프고
혼자 외로웠던
개폼 잡던 날들
개폼 잡고 쓴 시

모른다

하늘도 알고 땅도 안다,
는 말은 사실
하늘도 모르고 땅도 모른다,
는 말과 같다
그래서 요지부동
오늘도
모른다
모른다
한다
이 기막힌 세상을

폐차장에서

작업화 먼지들과 연장통의 덜컹거림을
항상 기억하던 가난한 트렁크
안면몰수 하고 깔아 뭉게 던
그 수많은 엉덩이들을
한 번도 싫은 내색 없이 다 받아주던 뒷좌석
앞만 보다간 큰 코 다친다며
뒤도 쳐다 볼 줄 아는 게 인생이라고
늘 조용히 타이르던 빽밀러
이리 저리 돌리고 돌려도
가야 할 길은 늘 내 앞에 있음을
갈가리 헤진 몸으로 보여주던 바퀴
주춤거리며 피어나는 기억과
소리 없이 지나가는 시간이
얼룩으로 새겨진 저 몸
저 몸에 기대어 산 한 세상
이제 안녕이네
겨우 미안하다 한 마디 던지고
돌아 서네

한 시절

생의 한 시절
빛나진 않지만
아직 지워지진 않고 있으니
다행이다 싶네
부른다고 불렀지만
뒤돌아 본적 없는
매정한 시간들

흐린 날들이
어김없이 찾아오는 저녁이면
볼품없이 살아남은 뒷모습을
어루만져주던
생의 한 시절

가끔은 누군가에게 가서
흐르는 강물로 다가가
팍팍한 가슴
가만히 적셔주고 싶기도 했던

한 시절
겨울이면 달고 살았던 감기처럼
누추하고 가난한 눈물이
수시로 찾아오던
한 시절

그 시절을 건너서
왔네, 힘겹게
그리고
멀리 우두커니 기다리고 있는
또 다른 시절의 눈빛을 바라보네

손을 내밀어야 할지
외면해야 할지
두렵고 낯선 이 풍경 앞에
나는 지금,
또 다시 서있네

서른 살

서른 살,
공장에서 쫓겨났고
쫓겨난 공장 앞에서
피켓을 들고 있는 내 눈동자와
그런 내 눈동자를 피해 멀어지는 시선들이 두려웠고
바람에 흔들리는 정리해고 반대 플랭카드가
나를 더욱 흔들었다

희망이란 이름이
어떻게 생겼는지
어디로 발걸음을 떼는지
도무지 알 수 없었던
서른 살

알 수 있었던 건
내가 겨우 숨을 쉬고 있다는 것
버리지 못하고 끝내 잡고 있었던 게
결국 미련이고 그 미련이 나를 증명한다는 것

그게 다였다
오란다고 오고
가란다고 가는게
희망이 아니란 걸
그 어두운 시간 속에서
겨우 느낄 뿐 이었다

그리고
나는 아직까지
서른 살
그 속에 갇혀있다

고전적으로 눈이 내리고

눈이
하늘에서
땅으로
내리는 건
내가 알고 있거나
모르고 있거나
상관없이 내리는 것

누군가의 적당한 슬픔이
누군가의 애매한 이별에게로 가서,
서로의 얼굴을 매만져 줄거라
보장은 못하겠지만
가뿐히
사뿐거리며
소복 소복
거리와 지붕과 나무위로
내리는 이 눈은
충분히 고전적이다

막차를 기다리다 지쳐 담배에 불을 붙이고
후미진 골목길 돌아 찾아가는 불 꺼진 단칸방
공장 담벼락 옆으로 난 불안한 농성장
떨고 있을 이 계절의 모습들 위로
눈이
마른기침을 하며
먹먹하게
수북 수북
고전적으로 내리지만
끝내 아무 말이 없다

멀었나 보다, 아직

하얗게 부서진 벚꽃 포말들이
사르륵 바람 따라 출렁이는
봄 밤,
가만히 그 맑은 바람 속을 걷는다
길 건너 목련꽃 지는 소리
아프게 들리는지
별들이 짧게 기침을 한다
멀었나 보다,
아직

내려놓고 싶은 새벽 두 시

깜깜한 밤
기계소리 쿵쿵 거리는 밤
땀 흐르는 밤
잠 오는 밤
담배 한 모금
몰래 뱉어내는 밤
자주,
배고픈 밤

상수리나무에 대하여
— 앞산 달비골 터널 공사 반대와 앞산을 지키는 사람들의 농성을 지
지하며*

들리는 말로는
낙엽 깔린 그 숲속에
다람쥐가 뛰어 노는 그 숲속에
새들은 노래하고
개구리도 폴짝 뛰어오른다는
봄이 오는 그 숲속에
지난겨울 흉흉한 소문을 견뎌낸
상수리나무 있다던데

그 나무를 일러, 누구는
달빛 아래 밤의 노래
나즈막이 부르는 숲의 가수라 하고
누구는 깜깜한 밤길,
길 잃은 동물들을 인도하는
숲의 등대라 하기도 하고
누구는 나무와 새와 꽃과 동물들의

처음과 마지막을 지켜 본 유일한
숲의 파수꾼이라 하던데

그 나무, 상수리나무
이제 꼼짝없이 숲을 떠나게 생겼네
별들과 달빛 속에 노래를 하던 바람도
그 바람아래 잠시 꿀 맛 같은 낮잠 자던
다람쥐도 새들도 꽃들도
모두 모두 떠나게 생겼네

지난겨울 그 끔찍한 음모가 사실이라면
우리의 외면이 내일까지 계속 된다면
떠나게 생겼네, 그 나무와 숲들
떠나게 생겼네, 우리 모두들

* 앞산터널반대투쟁이란
대구시가 대구의 모산(母山)이라 불리는 앞산에 동서로 4.5km의 터널을 뚫으려 하

자 앞산과 지역을 사랑하는 대구시민들이 이를 막기 위해 벌인 활동으로, 앞산의 생태와 앞산에 산재한 문화재 그리고 앞산 인근지역에 사는 주민들의 주거권과 생활권을 지키려는 5년여에 걸친 투쟁을 말한다.

그러나 이들의 헌신적인 투쟁에도 불구하고, 앞산터널공사는 2008년 착공되었고 2010년 현재 앞산은 뚫리고 있다. 그러하기에 이들의 투쟁은 결과적으로 실패한 듯 보인다.

그러나 그 투쟁의 싹은 새로운 운동들의 밑거름으로 자라나고 있다.

이를테면 '4대강 사업 저지투쟁'으로 말이다. 따라서 '앞산 투쟁'의 가치는 지역사회의 여기저기에서 서서히 뿌리를 내리고 있다 할 수 있다.

도끼

—투표에 대하여

스스로 도끼가 되기 전까지
믿으라 주절 되는 도끼를 믿지 마라
믿었던 도끼는 늘 네 발등만 찍었을 뿐
믿지 말고 속지 말고
찍지 마라
스스로 도끼가 되기 전까지

별

—故 권영숙 동지를 생각하며

하늘의 별이 될 수 없었기에 그녀는,
미싱을 타고 라인을 타던 손을
집으로 돌아오는 길에선 왠지 숨기고 싶었을지도 모른다
밤이 오는 걸 깜빡이는 전등불을 보고 알 수 있었던
캄캄하고 어둡던 시절의 이야기 속에
그녀, 하루를 목 메인 울음 울었네

수군거리고 속닥이는 말들과 시선들 끝에 붙은
공순이 세 글자를 가만히 써놓고
한참동안 멍하니 바라보았을
그 밑에 아주 작게 아팠다고 써놓았을
내가 기억 할 수 없고
내가 말 할 수 없었던 그녀의 일기

어떤 날은
퇴근길 시장에서 떡볶이며 오뎅을 시켜놓고
한참동안 동료들과 수다를 떨었다고 쓰고
어떤 날은

고개 숙인 채 반장에게 욕 얻어먹던
동생 어깨를 어루만졌다고 쓰고
어떤 날은
굽은 등으로 돌아가던 어머니를
배웅하던 북부 정류장
물끄러미 서서 한참 손을 흔들었다고 아프게 썼을 일기

내가 기억할 수 없는 시간을
짐작조차 어려운 고통과 싸우며 견뎌왔다던
이름조차 가물가물한 기억 속 구사대가 있었고
핏기 없는 손으로 적어 내려가던 대자보가 있었고
해고와 폐업과 블랙리스트가 신나게 춤을 추던
가난하고 누추한 밤들을 서로가 울면서 쓰다듬던
지금은 아무도 기억하지 않는 쓸쓸한
3공단 한국 LBI
눈물이 만들어 낸 슬픔과
분노가 만들어 낸 의지가 넘나들며
얼굴과 얼굴을 맞대고

어깨와 어깨를 걸어
서로가 불꽃처럼 빛나던 시절
부서지고 깨지면서 건너 온 그녀
온몸이 피멍으로 떨리네

패배의 두려움을 들먹여 물러서지 않고
승리의 전리품을 들먹여 물러서지 않던 그녀
모두가 떠난 공장바닥에
뚝뚝 떨어진 땀방울처럼 남은 그녀
작고 작은 것들의 아픔을 더듬어 어루만지는
못나고 볼품없는 손들의 연대
함께 웃고 함께 울면서
환하게 빛나는 평등한 연대
온몸을 맡긴 채 유영하는 민들레 꽃씨처럼
무수한 바람에 실려 살아오는 생명의 연대
천천히 스며들고 고요히 젖어드는
평온한 어느 햇살 묻어나는 봄의 중심에
그녀, 별이 되었네

못 다 꾼 꿈을 읊조리며 눈을 감네

* 故 권영숙 동지는 안동에서 1976년 구미 코오롱에 입사하면서 구미 도시산업선교
회 활동을 시작으로 수차례 구미 지역 공장에서 해고를 당하면서 투쟁을 시작함.
1980년부터 대구에서 3공단 및 이현공단 등에서 현장 활동을 하다 1986년 3공단 한
국 LBI에서 노조 설립 후 사무국장으로 활동함, 1990년 초에 결혼을 하고 1990년대
대구 기독교 노동자의 집에서 노동상담 실장으로 일함, 2000년경에 대구 청소 용역
노조 설립을 주도하면서 여성 비정규직 노동자 조직을 시작함, 대구 청소 용역 노조
및 대구 여성 노조에서 상근 활동을 하다 2004년 위암 발병, 2007년 위암 극복하였
으나 2010년 암이 재발되어 2010년 5월 23일 사망함

2부

신자유주의 만세

IMF가
나는 에프 학점의 낙제생,
이라고 강제로 가르치던 1997년
거짓말처럼
사람들은 낙제 혹은 추락을
삶의 어쩔 수 없음,
으로 읽어 내려갈 수밖에 없었다

그리고
나라가 어려우니까
회사가 어려우니까
이제 그만 나가라는
구호에 결박당한 채
쓸쓸히 세상 밖으로 나갈 수밖에 없었다
주린 배를 부여잡고 나오니
신자유주의가 기다리고 있었다
만나서 반갑다고
얼싸 안으며

그나마 남아 있던
호주머니를 털었다
털어보니 꽤 많은 먼지들이
풀풀 거리며 신자유주의의 품속으로 빨려들어 갔다

다 털렸다
그리고
새로운 자유를 얻었다
더 많은 자유를 얻었다
새롭게 확대되고 마음껏 확장되는 죽음의 자유를
신자유주의 만세

푸른 수인의 밤

―쌍용차 노동자 및 모든 구속된 노동자를 생각하며

푸른 수인의 밤
깊어가는 건 어둠이 아니었네
들려오는 소식들,
누군가는 잡혀가고
누군가는 또 다시 해고되고
누군가는 우울증에 빠지고
그 모든 이야기를
애써 담담하게 들어야 하는
마음이었네

예상했던 것처럼
약속은 지켜지지 않았고
결과는 쓰라리기만 했고
미래는 보이질 않네

이 밤, 너머
서서히 추석달이 차오를 텐데
가족들의 밤과

동료들의 밤과
늙은 부모님의 밤은
또 얼마나
쓸쓸하고 외로울지
걱정이 앞서네

강경투쟁 때문 이라고
체제전복 불순세력 때문이라고
투쟁의 끝을
물고 늘어지는
저들의 논리가 그대로 관철되는
이 밤의 끝이
찬란한 아침으로 이어질 거라
쉽게 생각하지 않겠네
그러나
잊지 않겠네
이 푸른 수인의 밤을

질문. 2
— 해고는 살인이다

뭐라고 써야 할까
나는
헬기가 뜨고
최루액이 터지고
군화발이 짓밟고 지나간 저 풍경을
뭐라고 써야 할까

평생 누구에게
싫은 소리들은 적 한 번도 없었던 손
기름때 낀 목장갑 속으로 들어갈 때
가장 설레던 손
아이들과 아내의 손을 잡고
걸어가던 따스한 손
저 손들이
지금,
쇠파이프를 들고
구호를 외치며
해고는 살인이다

외마디 절규를 타전하고 있는 풍경을
나는
도대체 뭐라고 써야 할까

저 높은 곳
비밀과 협박과 협잡이 있는 곳
그 곳에서
정리해고를 기획하고
산 자와 죽은 자를 갈라 쳐
서로가 서로에게 등을 돌리게 하는
저 높은 곳
그 곳에서
방송을 장악하고
신문을 매수하고
마침내
국가권력 마저 하수인으로 만들어 버리는
저 음탕한 곳을
나는

도대체 뭐라고 써야 할까

사람이 죽었다는 데
여섯 명이나 죽었다는 데
눈 하나 끔쩍하지 않는, 킬킬 거리는
저 웃음소리를
나는
뭐라고 써야 할까

함께 살자 외치는
도장공장의 노동자들에게
전기와 물을 끊고
죽든지 말든지
밤새 선무방송을 해대는
저 웃음소리를
나는
뭐라고 써야 할까

평택

　참 조용하다 중식제공 퇴직금 상여금 국공휴일 휴무 4대 보
험가입에서부터 공원 구함 혹은 일당 잡부 중식제공까지 나를
불러 줬으면 하거나 내가 기꺼이 불려 나가고 싶은 곳은 없었다
당연할거라 생각은 했지만 매일 아침 교차로 구인광고에 코를
박고 걸어가는 꼴을 우습게 보는 건 사람들이 아니라 내 마음이
었다 이렇게라도 안 하면 어쩔거냐고 아무리 다짐에 다짐을 해
봐도 알 수 없었다 어제는 장례식장에서 옛 동료들을 만났다 다
들 어떻게 지내냐고 물어만 볼 뿐 이렇다 저렇다 말들이 이어지
지 않았다 하긴 어떻게 지낸다 한들 그게 무슨 상관이란 말인가
누구는 아직도 지나가는 경찰차만 보면 가슴이 벌렁거린다고
하고 누구는 사이렌 소리에 귀를 막고 주저앉아 살려 달라고 고
래 고래 소리를 지르더라는 말들을 들었다 듣지 말아야 할 이야
기와 하지 말아야 할 말들이 넘쳐나는 세상 속에서 나는 여전히
붉게 충혈된 눈으로 내 실업을 다시 한 번 확인 할 뿐 이었다 일
속에 파묻혀 살았을 때 나는 누군가의 따스한 밥이었고 누군가
의 든든한 울타리가 될 수 있었지만 일을 찾아 헤매는 지금의 나
는 누군가에겐 동정어린 시선으로 머물고 누군가에겐 패배한
아니 불온한 노동일 수밖에 없었다 어디로 간들 길이 있을까 그

때도 그랬지만 길은 어디에도 보이지 않았다 멀리 타이어를 태우는 모습이 보였고 확성기에선 연일 노래가 흘러나왔다 행진 씨팔 개새끼들 죽으려면 혼자 죽지 뭐 같이 살자고 너희들만 없으면 돼 길 위에서 길을 찾아 헤매다 결국 길을 잃어 버리고 만 날들이 떠올랐다 누군가의 죽음이 누군가의 행복이 되고 누군가의 눈물이 누군가의 웃음으로 변하는 세상 속에서 나는 여전히 외로워하는 것 이외엔 별달리 할 수 있는 게 없었다 그래도 살아야지 쉽게 이야기를 하지만 씨팔 도대체 어떻게 살란 말인가 되묻고 싶을 뿐이었다 기다리기엔 너무 지치고 찾아가기엔 너무 어두운 세상은 오늘도 참 조용하다

피도 눈물도 없는 놈

노무현씨가 죽고 김대중씨가 죽었다
다들 슬퍼서 난리다
부모 손잡고 나선 아이들도
휴가 나온 군인들도
오늘 내일 하는 노인들도
좋아 어쩔 줄 모르는 연인들도
힘겹게 휠체어를 타고 오는 장애인도

텔레비전을 보면서
울고
국화꽃 한 송이 들고 절을 하면서
울고
밥 먹다 생각나서
울고
오줌 누고 바지 올리다가
울고
길을 가다가
침을 뱉다가

똥을 누다가
운다

당연히
대통령도
국무총리도
국회의원도
대학교수도
시인들도
사장님들도
운다

대통령과 국무총리는
잠시,
철거민 머리 위로 날리던 쇠몽둥이질을
멈추고
국회의원은
잠시,

성냥갑 같은 의사당에서 개싸움을 멈추고
대학교수는
잠시,
돈을 위해 버렸던 양심과 정의를 주워들고
시인들은
잠시,
가난을 팔고 슬픔을 팔아서 하던
책장사를 멈추고
사장님들은
잠시,
때려잡고 불 태워 죽인 노동자의 어깨에
따스한 손길을 보내고

이 처참하도록 무시무시한 슬픔 앞에
슬퍼할 줄 모르니
아마도
난
피

도 눈물도 없는 놈인 모양이다.

국까의 민주주의

국까는
동해물과 백두산이 마르고 닳도록
못 살겠다 일어선 사람들
노동자들을
농민들을
빈민들을
이 기상과 이맘으로 충성을 다하여
해고하고
불 지르고
쫓아내고
빼앗고
죽인다

민주주의는
오직 국까의 것
노동자들에게
농민들에게
빈민들에게 민주주의는

남산위의 저 소나무 철갑을 두른 채
용납하지 않네

국까의
국까를 위한 민주주의는
부자들과
국회의원들과
군인들과
경찰들과
대통령만이 호명 하고
길이 길이 보전할 수 있는 이름

민주주의를 국까 안에서 찾는 것
그것은
미친짓
얼빠진 생각
불가능한 꿈

더 이상 요구하지 마라
국까에게
민주주의를

밥값

― 故 박종태 열사를 생각하며

집회시간이 2시라
밥은 먹고 가야겠기에
옥천휴게소에 내려
밥을 먹는다
여기 저기 쭈그리고 앉아
더러는 웃으면서
더러는 안부를 물으면서
밥을 먹는다

양념한 명태포와 김치를
오이소박이를 덜어
구수한 된장국도 받아
밥을 먹으면서 생각 한다
이 밥을 지키기 위해
이 따스하게 어우러지는 만남을 지키기 위해
속절없이 죽어간
까만 뿔테 안경의 그를
씨익 웃는 얼굴로 검게 갇힌 사내를 생각 한다

죽음을 통해서만 비로소
자신의 이름과
자신의 작업복과
자신의 동료들이
세상에 알려질 때
내 분노와 의지는 과연,
마치 그동안은 몰랐던 것처럼
한 노동자를 죽음으로 내 몬
비정한 자본주의 사회를 비판하는 저 세상과
어떻게 다를까 생각 한다
밥을 먹으면서

뜨겁지도
차갑지도
않은
마음으로
늘 이렇게 밥을 먹으면서

언제 밥값 한번 거하게 낼까
생각 한다

묻지 마라, 그 물음의 해답을
— 굴뚝 농성중인 이영도, 김순진 두 동지에게

망치소리
고함소리
그라인더 소리
뿌연 용접가스 속에
깊이 가라앉은 공장
숨죽인 바다
길 잃은 바람소리 앞에서
외로웠다

올라가자, 올라가서
저 높은 무관심의 벽을 넘자
작심하고 올랐지만
또 다시 외로움만 확인될 뿐이다

이 외로움은 누구의 것인가
손을 잡고 어깨를 걸던
한 목소리로 구호를 외치던,
지금은 아무도 그 기억을

곱씹지 않는 동료들의 것인가

언젠가부터
생산성 앞에서
깊어지고 넓어지는 자유,
저들의 자유 앞에서
우리는 외로웠다

그러나 이제 더 이상
묻지 마라
어디서 바람이 불어오는지
어디서 깃발이 펄럭이는지
묻지 마라
바람은 항상 깃발이 펄럭이는 곳에서
깃발은 항상 바람이 불어오는 곳에서
낮은 울음소리로 그 첫발을 떼나니
묻지 마라
그 물음의 해답을

잠시, 이 밤을 기억하자
― 기륭 투쟁 문화제에 부쳐

이런 밤,
깜깜하나 어둡지 않은 밤
바람이 골목길을 조용히 돌아가는 밤
달빛이 맑은 얼굴로 내려다보는 밤

때로,
무심히 걸어가는 마음이야
딱딱하게 굳은 몸으로 버티고 선 도시쯤이야
외면해버리자
오늘, 이 밤엔
서둘러 돌아가야 할 이유도
도망치듯 빠져나가야 할 이유도 없다

잠시,
눈도 한번 감아 보자
깊게 숨도 한번 들이 마시고
활짝, 닫힌 귀도 열어서
이 고요하고 평화로운 소리를

이 쓸쓸하고 나른한 시간을
오래 오래 기억하자

추억이 되지 못한 기억을
슬픔이라 부른다면
눈물로 훌쩍 커버린 마음을
절망이라 부른다면
우리의 이름은 슬픔과 절망이다

거리에서 우리는
공장에서 우리는
차마 잡지 못하고
떠나보낸 동료들 뒤에서 우리는
철탑 위에서 우리는
엄마가 보고 싶다는
아이 앞에서 우리는

그냥,

그렇게 슬픔과 절망일 뿐 이었다
어디에도 어느 누구에게도
우리는, 잘 보이지 않았다
보이지 않는 것은
들리지 않는다
들리지 않는 것은
느껴지지 않는다
그게,
우리의 슬픔과 절망이다
세상의 모든 이름이다

그러니
가만히 내려다보던 달빛이
사뿐히 내려 앉아
우리와 함께 하는 이 밤만큼은
골목길 빠져나가던 바람이
우리와 함께 앉아 있는 이 밤만큼은
오래 기억하자

이 쓸쓸하고 나른한 시간을
이 고요하고 평화로운 소리를
기억하자

미치고 환장할 충고
— 단식중인 기륭전자 동지들을 생각하며

안 그렇습니까
그렇지요
당연하겠지요
사람이 그렇게 굶는다면
밥 먹듯 밥을 굶는다면
곧 죽고 말겠지요
듣자 하니 한 80일은 굶었다고 하던데
어쩌려고 그렇게 밥을 굶는 건지
폐에 물이 차고 혈압도 낮아졌다는데
잠시 앉아 있기도 힘들다던데
베니어합판으로 만든 관까지 옆에 끼고 있다던데
다 먹고 살자고 하는 일인데
그렇게 까지 할 필요가 있습니까
안 그렇습니까

나, 참 뭐라고요
내가 뭘 모른다는 겁니까
아니, 그러니까 당신들 말은

그 뭐냐 단식의 원인제공자가 나란 거요
당신도 참, 답답한 소릴 하구만
내 말 잘 들어보시오
막말로 저 여자들의 빽이라는 민주노총이
저 여자들이 그렇게 자랑하던 금속노조가
그렇게 믿고 그렇게 자랑하던 저 여자들의
마지막 언덕인 그들은 그럼 여태 뭘 한 겁니까
한 3년은 넘게
아무도 찾아오지 않는 농성장의 여름을 지키고
찾아오는 손님이라곤 칼바람과 무관심뿐인 겨울을 지킬 동안
아, 도대체 당신은 그 시간에 뭘 했습니까?
아, 도대체 민주노총이나 금속노조는 뭘 했습니까

뭐라고요, 내가 그러니까
처음에 해고만 하지 않았다면
최저임금 보다 많은 임금이라도 주고
노조를 인정하고
불쌍한 저들을 내 쫓지만 않았다면

이런 일은 생기지 않았을거라 말 하는 거요
나, 참 웃기는 소리 하지 마시오
아니, 자본주의 사회에서
나보고 자선사업이라도 하라는 거요
한 푼이라도 더 벌려면 더 적게 주고 더 많이 짜내야
살 수 있는 거 아니요, 그게 당연한 거 아니요
나는 내 할 도리를 치열하게 했을 뿐이오
당신같이 입만 살아 촐싹거리는 인간들이나
덩치 큰 정규직 노조만 챙기는 민주노총이나 금속노조가
오히려 더 책임 있는 거 아니오
나, 참 당신이야말로
뭘 좀 똑바로 알고 이야기 하시오

그나저나 정말 저 여자들은
뭘 믿고 저러는 거야
미치고 환장 하겠네

증언

— 2월 24일, 목매고 죽은 대우조선 하청 노동자를 생각하며

걸어가는 뒷모습이
우째 쪼매 그래 보이더만
그랄라꼬 그랬는갑다
어깨는 축 처져 갔꼬
발걸음은 또 와그래 천금만금 옮기든동
무슨 일이고? 물어볼라 카다가
뭐 쪼매 안 좋은 일이 있었는갑다 카고
치아뿟는데
일이 이래 될줄 알았시마
그때 와카노 물어 볼껄 그랬데이
하기사 요새 여 댕기는 놈 치고
심사 안 복잡은 놈 어데 있겠노마는
만만한게 홍어 좆이라꼬
회사도 그렇고 업체 소장도 그렇고
맨날 우리 같은 하청들이나 조지고
경제가 위기네 뭐네 하민서
얼매나 들들 볶든동
얼굴들이 하나같이 시꺼머이

참 가관도 아이래
그래도 옛날에는
대마찌 나도 하루 이틀
소주 한잔 묵고 잊아뿌먼 그만인데
요샌 아예 대놓고 무급휴직 같은걸 때리뿌이
참 환장하는 기라
울산도 그카고 저 부산쪽도
똑같이 하청들만 죽어나는 기라
더럽고 치사한기라
우리가 뭐 크게 바라는 것도 아이고
그저 아다리 걸린 눈으로라도
용접도 하고 절단도 하고 그라인더도 해서
그저 묵고만 살게 해주만 좋겠구만
씨팔, 그게 뭐 그리 어렵다꼬
해고니 뭐니 하고 지랄을 하노 말이다
우째됐든 동
가가 말한 노잣돈도 두둑이 챙기가
그 집에 함 가보자

우리가 안 가면 누가 거를 가보겠노
가서 같이 이야기도 하고
소주도 한잔 묵고 그라자
이래 저래 죽은 놈만 불쌍한기라

CCTV

본다
나를 들여다보는 너를
망막을 따라 수없이 뒤엉킨
실핏줄 끝에 선 너를
나는
똑똑히 본다

이리 저리
꼼꼼히 감시하는 너를
내 모든 움직임,
딴 생각하는 뒷모습을
하품하는 내 입을
감시하며 윽박지르는 너를
나는
똑똑히 본다

인간의 경계를 넘어 반인간의 길을 걷는
물증과 확신과 생산량에 모든 것을 거는

너는
내 실체를
그저 말 잘 듣는
그저 말 할 줄 아는
기계로 파악하지만

아니다
아니다 나는,
너의 생산량 앞에 대상화 된 인간이
너의 반인간화에 무릎 꺾이는 인간이
결단코 아니다.

네 감시가 도달 할 수 없는 곳에서
네가 보지 못하는 곳에서
네 포획의 폭력이 존재하지 않는 곳에서
인간과 인간이 만나는 곳에서
자유로운 나는

죽은 자를 추모 하고 산자를 위해 투쟁하라!!

— 산재사망 노동자 합동 추모제에 부쳐

뭉텅 뭉텅 잘린

손가락들, 발가락들

슬프게 꺾인 관절들

협착 되고 압사당한 몸들

구멍난 심장과 폐들

아득한 추락에 처참하게 박살난 안전모들

뿌연 탱크 속에서 질식사한 용접기들

철야 2교대 공장의 충혈 된 눈들

CCTV 감시망에 포획된 영혼들

부서지고 일그러진 얼굴들

차마 들을 수 없는 비명소리들

짐작키도 어려운 고통의 뒷모습들

그 앞에서 나는,

너희들의 안전제일을

이윤제일이라 읽고

산업재해 네 글자를

살인이라 읽고
산재불승인 처분을
사형선고로 읽는다

죽은 자를 추모 하고 산자를 위해 투쟁하라

찢어지고 갈라진 세계
파편화 되어 고립된 세계
더 이상 내려갈 곳 없는 지하막장의 세계
멈출 수 없는 생산제일 끝없는 욕망의 세계
욕망 앞에 무참히 주저앉는 세계
한숨과 눈물과 절망의 세계
까만 얼굴 기름 때 전 목장갑들의 세계
벗어날 수 없는 임금노동자의 세계
그 앞에서 나는,
너희들의 선진노사문화 창조를
시퍼런 칼날에 잘려나간 피울음으로 듣고
국가경쟁력 강화를

더 높고 더 깊게 덮쳐올 학살의 징조로 듣고
노동의 유연성을
곧 무너질 것 같은 삶의 위기로 듣는다

죽은 자를 추모 하고 산자를 위해 투쟁하라

달콤한 거짓말들
협박하는 거짓말들 앞에
부질없는 기대와 망상들
근거 없는 희망과 말들
그 모든 말들과 생각들은
필요 없다
말들 속엔 피가 돌지 않고
생각 속엔 근육이 꿈틀되지 않는다
말과 생각 밖에 살아 숨쉬는
손을 맞잡고 어깨를 걸어 물결을 만드는
가슴과 가슴으로 번져 마침내 불꽃을 지피는
낡은 사진 속에 무용담이 아닌

몸과 몸이 만나 마침내 이루어지는 거대한 사랑
사랑이 필요하다

죽은 자를 추모 하고 산자를 위해 투쟁하라

저 눈동자를 보아라
— 비정규직 투쟁 사진을 보면서

저 배고픈 눈동자를 보아라
배고픈 눈동자라니
화들짝 놀라 묻는 당신에게
나는 저 배고픈 눈동자를 보라 한다
비옷을 입고 두런 두런 둘러 앉아
카메라를 응시하는 눈동자

옆 사람과 옆 사람과 옆 사람은
카메라를 못 본건지 알 수 없지만
저 눈동자는 카메라를 향해
불안한 자신의 삶을 보여준다
공장 담벼락 아래 농성 한답시고 모여 앉은
언감생심 정규직은 생각도 못하고
기껏 화장실이나 식당에서 경비실에서
밥을 하거나 청소를 하거나 보초를 서면서
그나마 이게 어딘가 싶어 열심히 일 했을 노동자들
쪽수도 그렇고 돈도 별로 없는

구호를 외치는 것도 팔을 들어 올리는 것도
어색하기만 한 볼품없는 몸들

최저임금도 상여금도 볼품없긴 매한가지
볼품없는 것들에 기대어
아무 걱정 없이 밥을 먹고 화장실을 드나들던
폼나는 사람들의 볼품없는 말들이 피어난다
하기 싫으면 나가라고 널리고 널린 게 사람이라고
붉은 머리띠 어색하게 멘
저 파마머리와 철지난 점퍼차림의
늙수그레한 눈동자들을 조롱 한다

다시,
저 배고픈 눈동자를 보아라
저 눈동자들 하나 하나가 만들어 내는 세상
저 가난한 생의 전부를 빼앗아 피돌기를 하는 세상
저 굽은 허리 앙상한 뼈마디로 살아온 세상

세상 끝, 위태롭게 흔들리는 삶의 전부를 걸고
싸울 수밖에 없는 저 슬프고 배고픈 눈동자를
똑똑히 보아라

태극기가 바람에 펄럭입니다

대구 시청 앞 국기 게양대
태극기가 바람에 펄럭입니다
왼쪽 오른쪽 새마을기도 펄럭입니다
국기 게양대 앞 독수리*가
날아오를 폼으로 굳어 있습니다
새까맣게 전경들도 방패를 앞세우고 서 있습니다
리시버를 귀에 꼽은 경찰들도 보이고
칙칙 거리며 무전기 든 경찰들도 보입니다
전동 휠체어에 올라탄 몸들이 보입니다
입도 돌아가고 팔 다리가 꺾인 채
장애인 생존 외면하는 대구시청 규탄한다
장애인 주거권 보장하라
느리고 힘겹게 외칩니다
집회는 끝났는데 갈 생각은 하지 않고
천막을 치려나 봅니다
천막을 옮기고 노란색 빠레트도 옮기는데
경찰들이 뭐라고 합니다
시청 공무원들도 뭐라고 합니다

쓰레기는 치워야 한다고 합니다
천막이 쓰레기인지 장애인이 쓰레기인지
대열 중에 한 장애인이 물었으나
경찰도 공무원도 대답을 하지 않습니다
하여튼 무조건 치워야 한다고 합니다
공무원들이 평생 끼지 않던 목장갑을 끼고
천막 주위로 몰려듭니다
시청 공무원들의 공무수행 열기가 너무 뜨거운지
누군가가 마시고 있던 물을 뿌립니다
하지만 아랑곳없이 공무원과 경찰들은
천막을 뜯기 위해 잘도 모여듭니다
이리 저리 말들이 오갑니다
씨팔 개팔 욕들이 날아오릅니다
떠밀린 장애인들이 보입니다
박살난 천막이 보입니다
오랜만에 햇살은 따뜻한데
바람은 적당히 나무를 흔들며 불어오는데
태극기는 참 좋겠습니다

하늘 높이 하늘 높이 펄럭여도
누구 하나 뭐라는 사람 없으니
태극기는 참 좋겠습니다

* 날개를 편 독수리 조형물이 대구시청 앞에 있다.

여기는 중환자실
— 동희오토 해고자와 그의 아버지, 어머니를 생각하며

이것을 쓰지 않으면 뭘 써야할까 여기는 중환자실, 산소 호흡기를 쓰고 겨우 숨만 쉬고 있는 아버지, 어깨위로 떨어지던 가난처럼 사고는 늘 느닷없이 찾아왔다 공사장 한편 아직까지 부서진 채 방치된 비명소리와 사고의 파편들 아버지를 부정하기 위한 책임을 진 책임자들은 벌써 몇 번씩이나 아버지를 책임 있게 부정하고 어머니는 몇 일째 한숨만 쉬시다 일하러 가선 화장실 한쪽 구석 식어버린 밥술이나마 뜨기 위해 쭈그려 앉아 해소기침을 가라앉히려 애를 쓰신다 얼마나 더 가난해져야 우리는 가난과 한 몸이 될 수 있을까 가난과 한 몸이 되어 가난마저 가난하게 만들어 버릴까 교환이 이루어 진 후 제 이름을 부정당하는 노동 교환을 성사시키기 위해 모든 것을 부정해야 하는 노동 아니다 그건 거짓이다 따지고 들어도 이미 결과는 너무나 뻔하고 싸움은 늘 계란으로 바위치기일 뿐 어디에도 비빌 언덕이 없었다 나를 쫓아낸 공장에서 내 이름은 불순분자가 되었고 해고자가 되었고 급기야 처음부터 존재 하지 않았던 유령이 되었다 내가 만들었던 자동차는 최저임금과 씨름하다 지쳐 축 처진 어깨로 퇴근하던 잔업시간을 기억할까 멀리 기차소리가 들리는 듯하다 아버지가 언제 깨어날지 알 수 없다고 흰까운을 입은 의사

는 이야기 하고 도대체 할 수 있는 게 별로 없는 나는 그저 고개
만 끄덕일 뿐이다 일마치고 바삐 돌아오실 어머니의 마음도 어
머니가 가슴에 달고 살아가는 암 덩어리처럼 까맣게 타들어 갈
것이리라 오늘밤엔 아버지가 길고 긴 잠에서 깨어났으면 오늘
밤엔 어머니가 그런 아버지를 보고 메마른 손바닥으로 아버지
의 얼굴을 매만질 수 있으면 오늘밤엔 그런 아버지 어머니를 위
해 복직됐다는 소리를 할 수 있으면 좋겠다 목 메인 눈물 흐르는
여기는 중환자실.

3부

지나 간다
—故 박지연씨를 죽음으로 내몬 삼성 앞 1인 시위를 하며

사진으로 남은 죽음과 활자론 읽혀지지 않는 눈물을 엉거주
춤 들고 있는 사내가 있고
그를 빤히 노려보는 CCTV가 있는 건물을 배경으로
넥타이를 맨, 지팡이를 짚은, 택배기사인 듯한, 담배를 피우
는, 시계를 힐끔 거리는 남자인 사람들이 지나 간다
유니폼을 입은, 굽은 허리를 한, 진한 화장의 아가씨인 듯한,
아이의 손을 잡고 가는 여자인 사람들이 지나 간다
뭉글거리다가 따로 또 같이 흘러가다가다 햇빛을 가리다가
햇빛에 길을 튀어주기도 하면서 구름이 지나 간다
머릿결을 쓸어 넘기기도 하고 옷깃을 펄럭이기도 하고 바지
와 치마를 슬쩍 건드리기도 하던 바람이 지나 간다
지나가는 길, 지나치는 길, 올려다본 길, 내려다 본 길 위에서
귀찮은 듯 질문도 없이 시선만 남겨놓고 지나 간다
쫓기듯 곤궁한 삶이 지나 간다

강

밤새
작업등 밝힌 길을 따라 먼지를 날리며
트럭들이 지나가고
쉴 새 없이 포크레인 삽날에
모래톱이 찍혀나가던 어젯밤에,
나는 잘 수 없었다

산에 들에 꽃이 필 때
일마치고 돌아가는 농사꾼들의
호미며 곡괭이를 씻겨주던 기억이
아직도 선한데
상추며 고추며 땀 흘려 심고 가꾸던
고단한 하루를 정직하게 마무리 하던
그들은 어디서 헛헛한 가슴을 달랠까
작으나 날랜 내 모든 몸의 입자들
물수제비를 뜨던 새들의 울음소리
어디로 갔을까
어디서 말 못할 눈물을 흘릴까

먼 산에 나무들은 저리 푸른데
하늘은 또 저렇게 맑은데
오늘은
얼마나 많은 트럭들이
얼마나 많은 포크레인이
내 몸의 상처를 볼모로
내 영혼의 소유권을 주장하며
거짓말들을 싣고 올까

밤새 설친 잠 때문에
이리 저리 뒤척이는
내 작은 몸을
이제 좀 쉬게 해주게
멀리 멀리 흘러가게
힘차게 자맥질 할 수 있게
깊은 내 숨길을 내어주게

聖 노동조합
— 경북일반 노동조합과 잡혀간 오세용 동지를 생각하며

쪽수도 별로 없고
돈도 별로 없는
그래도 마음만은 뜨겁던,
그래서 늘 예정된 패배를
힘겹지만 묵묵히 걸었던
노동조합

월급날이면
삼삼오오 모여 앉아
서로의 월급봉투에서
만원씩, 오천원씩 걷어
기쁜 마음으로 조합비를 내던
가난한 노동자들을
먹먹한 눈으로 기억하는
노동조합

잊지 않겠다고
아니 잊지 말자고

맞잡은 손
못생기고 상처난 손
서로를 덮혀주던 착한 손
손에서 손으로 전해져 오는
눈물의 이름들을
싸움에 나서기 전에 항상 불러보는
노동조합

비우면서
충만해지는
마음으로
저 혼자 채우기 위해
세상을 무겁게 하는 마음을
반드시 무너뜨리겠다
다짐에 다짐을 하는
가난한
노동조합
경북일반 노동조합

나는 누구입니까

나는 누구입니까
쿨럭이는 해소기침을 달고 일어나
삐걱이는 다리를 절며 걸레를 들고
지하철 계단을 오르내리는
나는 누구입니까
늘 최저임금에 고마움을 강요당하며 살아야 하는
오종종 모여 김치에 찬밥을 비벼먹는 휴게실의
나는 어디에 있습니까
눈을 돌려보면 여기,
당신이 꿈꾸는 세상
양심을 팔고 정의를 귓등으로 흘려버린 세상 속에
나는 존재 합니다
오늘도 나는,
병원에서 공장에서 마트에서
계약 연장과 최저임금의 눈치를 보면서
하루를 죽입니다.
쫓겨난 공장에서 고공농성 철탑위에서
일년 이년 삼년 길고 긴 싸움 속에서

하루를 살립니다.

나는
당신의 아버지입니까
당신의 어머니입니까
당신의 누이입니까
당신의 동생입니까
당신의 현재입니까
당신의 미래입니까

나를
당신의 꿈속에서 해방 시켜 주십시오

마당처럼 겸손해져라[*]

작은 마당처럼 겸손해져라

밭을 밀고 논을 밀고

사람들의 목숨까지 밀어버린

부자들의 마당아

몽둥이로 방패로 내리찍고

군화발로 물대포로

잡혀온 사람들을 짓밟은 피로 물든

국가권력의 마당아

작은 마당처럼 겸손해져라

고요하게 생명을 키우고

따스하게 등 두드려 주는

바람이 쉴 새 없이 햇볕을 져 나르고

달빛이 일마치고 돌아오는 사람들의 귀가를 맞이하는

마침내 다다를 작은 사람들의 마당을 기억하라

* 조현문 시인의 「저음의 저녁」에서 인용

미안하다, 미친 소
— 광우병 수입반대 촛불집회에 부쳐

잘 살아 볼 거라고
그 냥반이 되면 잘 될 거라고
대세는 이미 끝났다고
아무 생각 없이
무조건 꾸욱 눌러 찍은
내가
더 넓은 아파트와
더 비싼 자동차와
더 높은 경제성장과
더 강한 대한민국을 위해
불철주야 뛰어다니며
양심과
정의와
사랑과
진실 따원,
아예 모른 체 한 내가 너를 키웠다

미안하다, 미친 소

꽃무늬 팬티

옷 장 구석에 몰래 감춰둔 그 팬티를
포장도 뜯지 않은 그 팬티를
꽃무늬 예쁘게 수놓인 누구에겐가 받았을 그 팬티를
받아 놓고 누구보다 먼저 내 생각이 들더라는 그 팬티를
엄마는 내 손에 쥐어주며
묻지도 않은 이야기를 주저리 주저리 한다
홍역으로 죽었다던 이름도 모르는
언니들의 이야기를
공장에서 덜컥 해고 되던 날
아버지가 밤새 내 뱉은 한숨소리를
그 밤에 몰아치던 바람소리를
다 큰 딸 자식 어쩌지도 못하고
밥은 꼭 챙겨먹어라
쓸쓸한 모습으로 돌아서던 아버지의 담배연기를
수천 번은 더 쪼그라들었을 가슴속 이야기를
밤이 세는지도 모르게 한다
이야기의 끝이 눈물이 아니라
환한 웃음이어서 다행이라 생각했다

주름진 숲길 사이 내비치는 따사로운 햇살을 본다
그 햇살 포근히 받아 안고 미소 짓는 꽃무늬 팬티를 본다

그 마을을 구하소서
— 이스라엘 폭격에 스러진 가자를 위하여

팔레스타인,
그 여린 마을로
저녁이면 밥 짓는 연기가
모락 모락 피어오른다

가난하나 슬프지 않은
아이들의 고향
조용히 해가 지면
가슴속 푸른 별 하나
오래도록 매만지는 사람들의 고향

바람은 어느새 찾아와
지친 땀방울을 닦아주고
햇볕은 어머니와 아이의
소곤거림 뒤에서 휘파람을 부는 땅

때로 미사일 폭격이
때로 탱크와 기총소사가

울부짖는 늙은 노모의 눈물을
갈가리 찢어놓지만
무너진 집터에서
단 한 번도 놓지 않은
생의 기도를 올리는 마을

나는 행복하다
— 담배

지쳐 돌아오는 퇴근길이거나
십분 휴식시간의 기계 앞에서거나
손바닥만한 그늘 아래
쭈그려 앉은 점심시간이거나
월급날 삼겹살에 소주 한잔 앞이거나
쫓겨난 공장 앞에서 서성이거나
잡혀간 동지의 면회를 기다리는 휴게소이거나
보이지 않는 전망에 하소연하는 자리이거나
나는
불탄다
때론 슬프게
때론 눈물 나게
때론 우울하게
나는
추적추적 탄다
어떤 잡놈이 나를 욕해도
처절하게 타는 이 순간 순간

나는
행복하다

내 마음에 핀 꽃무리

아침이면
한국 OCT 아줌마들
종종 걸음으로
출근을 서두르고
언제 팔릴지 모를
공단닥트의 닥트가
바람에 할일 없이
돌고 있는 공단 거리 초입
황사가 지나고
봄비가 내린 그 거리에
활짝 봄이 피었다
십 원짜리 고스톱 치는
영감 할마시나 구경하던 앙상한 나무에
벙긋 벙긋 매화꽃이 피었다
메말랐던 내 마음 일번지에
고맙게 피어난 꽃무리

따뜻한 밥
— 3 · 8 세계 여성 노동자의 날에 부쳐

그동안 미안했다면
둘러앉아 먹는 이 밥상위에
입만 달랑 들고 오지 말고
숟가락 젓가락도 챙겨오고
김치찌개 된장국도 끓여 와서
같이 먹자

함께 먹어야 더 따뜻해지는 이 밥을
비록 찬밥에 라면국물 말아 훌훌 마시던 이 밥을
거들떠보지도 않았던 이 밥을
함께 먹을 생각 하지 못해 미안했다고
말로만 하지 말고
돈도 쫌 보태고
머릿수도 쫌 보태서
함께 먹자

간밤에 쏟아놓은 토사물도 치우고

삐져나온 똥도 박박 문질러 닦고
쓰레기봉투 야물딱지게 묶던 손으로
먹던 밥
보일러실이든 창고든 상관없이
겨우 두 다리 쭉 펴고
찌그러진 종이 박스 위에
달랑 김치 하나 젓가락 숟가락 얹어
먹던 밥

우리들의 찬밥을 생각하면
정말 미안했다고
말만 하지 말고
어서 와서 함께
이 밥을
이 허름한 밥상을
같이 빛내다오
따뜻한 밥 한 그릇

따뜻한 국 한 그릇
누군가에게
그렇게 다가가고 싶다면

거기 그렇게 있었네

눈멀고 귀먼 나이
딱히 바랄 것도 없는 내일 모레 80인 어머니
낯선 한국의 외로움을
겨우 텔레비전 드라마로 달래는 형수
시급 2,500원 받다 한 달 전에
100원을 올려 받고 있는 고1의 조카
그 조카와 함께 살고 있는
겨우 받는 최저임금에도 그게 어디냐고 하는
양말 공장의 작은 누이
어린 형수의 부업이라도 하고 싶다는 큰 누이
어머니 생일이라
다들 모였네

반찬값이라도 벌겠다고 시작한 형수의 부업
머리 핀 천개 조립에 천원
도무지 이해가 안 가는 계산 앞에
다들 한 마디씩 하지만
이 보잘 것 없는 계산이

피식과 울컥이 함께 범벅된 이 노동이
괜히 나를 우울하게 하지만
거기 그렇게 있었네
가난하고 못 배웠던,
누가 뭐라고 하든 상관없이
소박하게 모여 앉은 풍경이
내 처음과 마지막을 기억해줄 얼굴들이
슬프게 앉아 있네

4부

배웅
— 잘 가라, 파이샬 아흐멧

서로 별 말없이 눈만 껌뻑였던
동대구 버스터미널
그 날 밤의 목멤을
뒤로한 채 방글라데시로 떠난
파이샬 아흐멧
잘 살 거라고
여기서도 견뎠는데 어디 간들 못 살겠냐고
차마,
말 못한 그 날 밤

내가 사랑했던 말들,
지켜내고 싶던 약속들,
지키지 못해 미안하다
용서 할 수 있다면
용서해다오
말들아
약속들아
지나간 시간들아

심란한 풍경

늘 해왔던 역할이지만
오늘따라 더 없어 보이는
체불임금 노동자 A의 얼굴을 한
베트남 남자와
노동 상담소 B의 얼굴을 한
후줄근한 남자를
새들이 한 번
바람이 한 번
담배 연기가 한 번
기침 소리가 한 번
지나가면서 보네
벌써 와야 할 집행관은 오지 않고
두 남자만 괜히 마음이 심란해
쭈그려 앉아 서로 눈만 껌뻑 인다
빽빽하게 들어찬 가난을 먹고 사는 주공 아파트
안 봐도 비디오 같은 그 집으로 들어가
냉장고에 한 장
텔레비전에 한 장

세탁기에 한 장
장롱과 컴퓨터에 각 한 장씩
가압류 도장 딱지를 붙여야 할 상황이
유쾌하지도 즐겁지도 않은 이 상황이
두 남자의 가슴을 쥐어뜯는다

달이 두개?

추석 가까운 무렵
섬유공장의 밤,
잠시 쉬는 시간이라
두런 두런 목소리 들리는데
네팔에서 온 이주 노동자
시레스타에게
한국 노동자 김씨
네팔에도 달이 있나?
어안이 벙벙한 시레스타
엊그제 점심시간에도
네팔에도 닭이 있나?
네팔이 아프리카에 있는 거 아이가?
별 희한한 질문을 하던 김씨
몇 번이나 말 했는데
네팔을 달나라로 생각하는 김씨
가만히 듣고 있다
에라이 모르겠다
손가락 두 개를 들어 보였다

같이 있던 중국인 노동자 왕
깜짝 놀라며 시레스타를 보는데
시레스타, 살며시 한쪽 눈을 감고
다음날 아침,
출근하는 공장 사람 붙잡고 이야기하느라 바쁜 김씨

공장의 밤

경상북도 성주군 용암면 용정리
풀벌레 찌르르
고개 숙인 해바라기
붉은 과꽃 향기
멀리 개구리 소리
하늘엔 별들만 총총

깜깜한 밤
그 밤의 전부를
밝히는 공장의 작업등
그 아래
핼쑥한 얼굴로 원단을 나르는
어디에서 왔을까?
짐작조차 하기 어려운
사람들

밤을 세우네

땀으로 세우네
모두 잠든 밤이었네

슈먼 후세인이 잡혀간 날 TV를 보며

뭐라고 불러야 하나, 나는
1달러로 하루를 살아가는 한밤,
텔레비전 속 아이들을
맹그로브 숲 속에서 조개를 캐는
쉴 새 없이 물어뜯는 모기를 쫓기 위해
독한 시가를 연신 피워 되는
열 살 안팎의 저 아이들을
가방과 연필과 공책과 장난감을 쥐어 준
한국을 훈훈하게 보여주는 저 텔레비전을
한 모금 물을 위해
하루 네 번 왕복 3시간 거리를 오가는
메마른 건기를 건너는 아이들을
그 곳에 우물을 파서
그 나라 사람들을 도와준다는
한 달 만원이면
이 건기의 나라 모든 곳에
우물을 팔 수 있다고 이야기 하는

저 훈훈한 대한민국을
나는, 뭐라고 불러야 하나

씨팔, 기막힌 밤 이었다

졸고 있던 사장이
자리에 앉고 한참 지나서야
성의 없이 메뉴판을 던져주고
뭘 시킬거냐는 눈빛으로 멀뚱하게 서 있었다
밖에는 눈이 내리고 있었다

짜장면 두 그릇을 시켰다
난로 위에는 덜덜 거리며 주전자가 끓고 있었다
이 엉성한 저녁자리까지 졸졸 따라붙던 허기와 함께
우리는 말없이 짜장면이 오기만을 기다렸다
그리고, 짜장면은
희끗하게 불어터진 몰골로 모습을 드러냈다
붕대를 감고 있던 그를 위해
젓가락을 챙겨준 후
우리는 창 밖 어둠보다 더 깊이
내려앉은 시간을 넘기고 있었다

소주도 한 잔 먹자고

그가 먼저 말을 했다
소주 한 병을 시켰다
한 병을 다 마실 때 까지
우린 별 말이 없었다
세 손가락을 프레스에 잡아먹힌 손으로도
능숙하게 술을 먹는 그를 보면서
그 손은 어떻게 된 거냐고
분명 눈물 콧물 흘릴 그이의 어머니를 생각하면
왜 하필 이런 개 같은 나라엘 왔냐고
돌아가거든 다신 이 나라는 잊어버리라고
말하고 싶은 밤 이었다

그러나 끝내 별말 없이
우리는 그 밤의 짜장면을 먹을 수밖에 없었다
씨팔, 기막힌 밤 이었다

불안한 동거

— 형수에게

한국 생활 7개월이 전부인
베트남 형수 탐
내일 모레 팔십인 어머니는
안쓰러우면서도
못마땅하다
복지관에서 배운 한국말은
아직 서툴기만 하고
이제 스물 넷 어린 형수는
타박 주는 어머니가 어렵기만 하다

형수하고 엄마하고 사이가 안 좋으니 출장 간 사이 집에 좀
가봐라
안절부절 하는 형의 부탁으로
집으로 가는 길, 아시아 마트에서
베트남 쌀국수와 동남아 과일 캔을 사들고 간다
가난한 한국의 노동자,
나이 마흔에 얻은 형수가 애틋하기만 하고
가난한 베트남의 처녀,

한 남자만 믿고 살아갈 날이 두렵기만 하고
가난한 한국의 어머니,
아들 부부의 인연이 기막히기만 하고
찍어낸 듯 가난한 풍경이 집안 가득 펼쳐진다

늦은 저녁, 밤은 깊고
다들 별 달리 할 말이 없어
들고 간 과일 캔 하나를 딴다
그래도 엄마가 형수를 이해 좀 하이소
나도 할 만큼 하는 데 잘 안 된데이
형수는 어색하게 웃으며
숟가락으로 과즙을 어머니에게 먹이고
어머니도 측은 한 듯 웃음 짓는다
밤하늘엔 흐린 달빛만 흐르고

조카에게

— 조카 상혁이 돌잔치에서

곱게 한복을 입은 네 어미가
어색하게 넥타이를 멘 네 아비가
피곤한 퇴근길도 잊은 채 찾아온 네 고모가
생의 마지막에 찾아온 기쁨에 들뜬 네 할미가
까만 3공단 웨딩 뷔페
그 초라한 식탁위에 둘러앉아
밥을 먹는다

반짝이는 말들이 오고 가고
말들에 웃음이 묻어난다
오랜만에 찾아 온 평온과
따뜻한 밥 냄새가
서로를 어루만지며 만들어내는
이 리드미컬한 화음을
잊지 마라, 아이야

비록 네 어미의 나라가
듣도 보도 못한 가난한 베트남 어디라고

네 아비가 흘린 그 땀방울의 주소지가
진창을 헤매고 흔들릴 거라고
손가락질 하거나
비아냥거리거나
수군거리더라도
아이야
신경 쓰지 마라

상수리나무 보다 편백나무 보다
더 무럭 무럭 자라날 네 미래는
저 손가락질이
저 수군거림이
저 비아냥거림이
만들지 못 한단다
아이야, 빛나는 눈빛으로
아장 아장 잘도 걷는
아이야

달린다
— 강제단속

달린다
어디까지?
모르겠다
달리는 것 말고
지금은 아무것도 할 게 없다
누가 신고를 했을까
앞 공장 사람인가
옆 공장 사람인가
그러나 지금은 중요하지 않다

숨이 턱까지 찬다
모퉁이를 돌아서 부터
뒤 쫓아 오는 저 발자국 소리
심장을 터트릴 것 같다
이 길로 계속 달리다 보면
어디가 나올까

내가 떠난 거리

눈물로 내 등을 떠민 가족들
아마 지금쯤 둘러앉아 저녁밥을 먹고 있겠지
밥상에 둘러앉은 허기를 잠재우느라
빠르게 손을 놀리겠지
내가 떠난 후엔 자주 밥 먹다 말고 운다는 엄마가
또 눈물 흘리는 건 아닌지
어린 동생들도 함께 울고 있는 건 아닌지
전화기 너머에서
늘 울먹이며 안부를 묻던
어서 빨리 돌아와
결혼도 하고 같이 밥도 먹자고 하던 목소리의 그녀는
지금쯤 뭘 하고 있을까
알 수 없다

달리면 달릴수록 커져만 가는
이 불안과 공포의 달리기는
언제 끝날까
산책하듯 인사도 나누고

달리다 지치면 잠시 앉아
가지고 온 서로의 밥을 나눠 먹을 수 있는
달리기는
언제 내게 허락될까

모르겠다
지금은 아무 것도 중요하지 않다
오직 달려야만 한다
지구 끝까지라도 달려야 한다

안입니다

노동절 집회에서 누군가가 찍은 사진 속에
스리랑카 같기도 하고 방글라데시 같기도 한
이주 노동자
우리는 기계 안입니다
피켓을 들고 서 있다

직접 쓴 건지 누가 쓴 걸 들고 있는지
알 수 없지만
기계가 아니라고 쓴 것 같은데
생각해보니 기계 안이라고 해도
이해가 되는 말이다

모르긴 몰라도 그는,
언제 어디서든 상관없이
아무렇게 내던져지거나
공장 바닥에서 뒹굴다 안전화 뒷굽에 꼼짝없이 짓밟히는
있어도 그만 없어도 그만인
기계 안 많고 많은 부품인지도 모른다

스리랑카에서 왔든 방글라데시에서 왔든
그는
지독한 가난에 떠밀려 왔든지
가족들과 함께 먹을 밥을 구하기 위해 왔든지
결국
제 나라 안에서
제 가족 안에서
밖으로 밖으로 쫓겨난 것이다
그래서 밖에서 안으로 들어가고 싶어
미치고 환장할 마음을 속일 수 없었는지도 모른다

기계 안이든
나라 안이든
가족 안이든
무엇이든 좋으니
제발,
따뜻한 안으로 들어가고 싶은지도 모른다

그 여자의 눈물

기습적으로 눈물을
주
르
륵
흘리는 여자

한 치의 망설임도 없이
눈물은
흘러내려
입가를 적시고
마침내, 똑 하고
땅 위로 떨어져 산산이 부서져 내린다

베트남 여자,
그 여자
가난한 한국 노동자의 아내가 된
내 앞에서 말을 하다 울고 있는 그 여자
어머니가 아프다고

돈이 없어 어떻게 할 수가 없다고
사장님에게 전화 한통 해달라고
힘겨운 말을 하다
끝내
짜디 짠 눈물
주
르
륵
흘리는 여자

무거운 파일

상담파일은 무겁다
A4용지에 가득한 질문들
이름은 무엇이고
나이는 어떻게 되는지
공장 주소는 어떻게 되고
시급은 얼마인지
받지 못한 월급은 얼마인지
들어왔던 욕은 또 얼마나 많았는지
주간 근무시간은 어떻고
야간 근무시간은 어떤지
휴식시간은 있는지
혹은 없는지
꼬박 꼬박 월급날은 제대로 지켜지는지
어느 나라에서 왔는지
그 많은 물음에
돌아오는 대답들이
한 결 같이 아프게 젖어있는
상담파일은

너무
너무
무겁고 슬프다

쪽팔린다

일테면 그런 것이다
　노동상담 이랍시고 미주왈 고주왈 떠들다가 끝내 버럭 화를
내고 있는 내 모습을 들켜 버릴 때나 화를 못 이겨 씩씩거리는
내게 순한 웃음 말고 대처할 게 없는 그들이 보인 절박함을 애써
외면하려고 할 때 나는 도저히 메울 수 없는 깊은 나락으로 떨어
지는 기분이었다 내가 알고 있다 하더라도 이미 그들의 세계는
일반적인 법과 상식이 통하지 않는 세계임을 나는 나도 모르게
수시로 잊어 먹고 마는 것이다 참 미치고 환장할 노릇이다 누구
하나 손 내밀 용기도 없어 겨우 겨우 어찌 어찌 해서 찾아온 그
에게 내가 내민 것은 따뜻한 손이 아니었다 살면서 얼마나 많은
손들이 그의 등을 어루만졌을까 얼마나 많은 손들이 그의 얼굴
을 쓰다듬고 함께 울어주었을까 아직도 고향 생각만 하면 눈물
부터 나고 어린 동생들과 부모님을 생각하면서 기계를 잡고 잔
업철야에 매달린다던 저 메마른 손을 나는 도대체 무슨 생각으
로 대해왔나 부끄러운 밤들과 부끄러운 날들이었다 그런 밤엔
나도 모르게 사무실 벽면에 걸려 있는 그이의 사진을 똑바로 볼
수가 없었다 내 책상 앞에 붙여놓은 손문상 화백이 그린 만화 속
그이의 얼굴을 제대로 볼 수 없었다 내가 남기거나 풀어놓은 짜

증 섞인 목소리와 눈빛을 그이는 오늘도 사진 속에서 혹은 만화 속에서 똑똑히 기억할 것이다 그리고 퇴근길 불 꺼진 성서공단을 터벅 터벅 걸어가는 노동자들을 바라 볼 것이다 어린 시다들에게 가져 다 줄 풀빵을 가슴에 안고 걸어가던 그 따뜻한 설렘을 통금에 걸려 숱하게 파출소 한 구석에 쪽잠을 자면서도 행복했다던 그이의 마음을 생각하면 나는 하 정말 쪽팔리고 쪽팔리는 것이다 아마 그이도 어쩌면 나 같은 놈들이 한심하기도 하고 열받기도 해서 에라이 못난놈 에라이 나쁜 놈 하면서 소주라도 한 잔 할 것이다 그럴 때마다 나는 차라리 그이가 누군인지 몰랐으면 그이를 벽면에서 떼어 버리고 싶은 심정인 것이다 그런 날들이 계속된다는 것 그것이 일테면 요즘 내가 계속 쪽팔린다는 것이다

멀었나 보다, 아직

이득재
(대구 가톨릭대학 교수, 인터넷『참세상』논설위원)

말들 속엔 피가 돌지 않고
생각 속엔 근육이 꿈틀대지 않는다
— 「죽은 자를 추모하고 산자를 위해 투쟁하라」 중에서

내가 월급쟁이인지 임노동자인지, 내가 노동자인지 노동자 계급인지도 구분하지 못하는 세상이 되어 버렸다. 최근 금속노조 대구지부의 상신브레이크 사태는 자본의 공격의 힘 한번 제대로 써 보지 못하는 노동의 모습을 여실히 보여주고 있다.

돈 주는 인간이 사장인지 자본가인지 구분하지 못한 탓인가. 자본가들은 늘 노동자들에게 적대적인데 노동자들이 거꾸로

자본가들에게 비적대적인 세상이 도래했다. 노동자들 중 대다수가 비정규직이고 이제는 노동시간 유연화로 시급제가 더욱더 확산될 판이다.

자본가들이 국가를 앞세워 노동자들의 삶을 벼랑 끝으로 모는 탓에 힘에 부친 탓일까?

자본과 국가의 밀어 붙이는 힘이 여간 버거운 것이 아니다.

하지만 노동자들이 말과 생각을 앞세워 실천하지 않는데 더 문제가 있다.

노동자들이 국가와 자본을 거세게 밀어 붙이지 못하는 것은 그동안 파업보다는 협상을 내세우는데 너무 길들여져 있는 탓이 아닐까 모르겠다. 발상의 전환이 필요한 시점이다.

어쩌면 이제는 자본가의 편이 되어 버린 정규직 노동자와 선을 그어야 할지도 모른다.

다시 전노협 시절 초심으로 돌아가야 한다. 그러나 세상은 그 시절과 달리 착취 이외에 수탈과 억압이 동시에 존재하는 곳이 되어 버렸다.

자본주의가 노동을 착취하는 흡혈귀라면 노동 착취도 모자라 자본주의는 노동자를 소비자로 둔갑시켜 알량하게 올라간 임금 인상분마저도 야금야금 갉아 먹는다.

게다가 강남 개발로 시작한 개발의 욕망이 천정부지로 솟구치면서 한국판 자본주의는 노동자의 임금을 수탈하고 있고 여기에 사교육비까지 가세해 노동자의 삶을 한바탕 더 뒤흔들어

놓고 있다.

국가 장치의 노동자에 대한 억압이 거세지면서 노동자들은 그야말로 사면초가에 놓여 있다. 계급투쟁이 노동 운동 영역에서만 벌어지는 것이 아니라 변형된 형태로 수탈과 억압의 영역에서도 일어나고 있지만 투쟁의 파고를 사회로 번지게 하기에는 너무도 힘겨워 보인다. 어디서부터 손대야 한 판 제대로 붙을 수 있는 것일까.

맑스의 시대와 달리 인간의 탐욕이 너무 번져 산이고 들이고 다 태우듯이 착취의 불길에서 수탈의 불길로 인간의 탐욕이 확산일로에 있기 때문일까. 얼마 전 부산 해운대에서 일어난 화재는 인화성이 강한 재료 탓이 아니라 프리미엄을 얻고자 하는, 불로소득에 환장한 인간의 탐욕이 불러낸 필연의 결과였다.

자본의 모순이 공장 안팎을 넘나들며 인간 숨소리가 들리는 곳이면 여지없이 방화를 저질러대는 이 시대에 노동자들이 마음 놓고 파업할 수 있도록 우리들은 어떤 사회운동적 지원 시스템을 마련할 수 있을까? 신경현 시인이 "나는 아직까지 서른 살 그 속에 갇혀있다"(「서른 살」)고 말하듯이 우리 시대의 노동 운동도 서른 살 그 속에 그대로 갇혀 있는 것이 아닐까?

서른 살이 되도록 노동 현장에서 혹은 성서공단노조에서 싸우고 일하며, 그리고 외국인 노동자들과 서슴없이 지내며 서정과 서사가 어우러진 시를, 개폼 잡고 써온 시인이 있다.

개폼 잡은 일은 한 번도 없을 터인데 신경현 시인은 왜 시를 개폼 잡고 쓴 시라고 할까. 그것은 아마도 우리 사는 세상에 '시'라는 이름을 달고 혹은 '시인'이라는 이름을 달고 '시시'하게 날리는 시들이 바로 개폼 잡는 시라는 뜻일 게다.

맞다. 우리 시대엔 '시적'이라는 수사적 형용사를 달고 온갖 개폼을 다 잡으면서 쓴 시들이 쓰레기처럼 여기저기 쌓여 있다.

착취와 수탈과 억압이 삼각 동맹을 맺어 노동자들의 삶을 더욱 더 비루한 것으로 만들고 있는 "이 기막힌 세상"(「모른다」) 앞에서 윤기 나는 언어로 개폼 잡는 시들이 백사장 모래알처럼 많은 세상에서 신경현 시인이 '개폼 잡는 시'라는 말로 이야기하고자 한 것은 바로 자신의 시적인 세계관이다. 개폼 잡는 시는 절대로 쓰지 않을 것이라는 스스로에 대한 다짐이 거기에 역설적으로 드러나 있는 것이다.

신경현 시인을 안지는 얼마 되지 않았다.

필자는 신경현 시인이 '얍삽한……'이라는 말을 자주 읊조릴 때마다 거기서 신경현 시인 혹은 신경현이라는 인간의 품격을 느낀 적이 있다. 개폼 잡는 시들처럼 얍삽한 인간들도 우리 주변에 오물처럼 넘쳐 난다.

시적인 공간 밖으로 나올라치면 세상 구린내가 천지를 진동한다.

이명박 정권의 유일한 장점은 우리가 소문으로만 들었던 그

얍삽한 인간들의 영상을 공개해 줬다는 것이다.

이 건희 회장이야 새삼 언급할 필요도 없으려니와 어륀지 인간부터 외교부 장관 혹은 태광 그룹 회장 등에 이르기까지 대한민국에는 구린내 나고 얍삽한 인간들로 넘쳐 난다.

그 인간들을 뒷소문이 아니라 '레알' 영상으로 보여줬으니 참 기특한 일이 아닐 수 없다. 자라 보고 놀란 가슴 솥뚜껑 보고 놀란다고 나도 얍삽한 인간으로 비쳤는지 모르지만 신경현 시인에게 필자는 그런 얍삽족 축에도 들지 못하는 사람이라는 변명을 좀 해야겠다.

또 하나, 신경현 시인은 "언제 밥값 한번 거하게 낼까 생각한다"(「밥값 ―故 박종태 열사를 생각하며」)는데 생각해보니 필자는 언제 신경현 시인에게 밥 한 번 거하게 사주지 않았던 것 같다. 시집이 나오는 날 삼겹살 파티라도 해야겠다. 이러한 시인의 인격은 「쪽팔린다」에서 그대로 드러난다.

일테면 이런 것이다.
노동상담 이랍시고 미주알 고주알 떠들다가 끝내 버럭 화를 내고 있는 내 모습을 들켜버릴 때나 화를 못 이겨 씩씩거리는 내게 순한 웃음 말고 대처할 게 없는 그들이 보인 절박함을 애써 외면하려고 할 때 나는 도저히 메울 수 없는 깊은 나락으로 떨어지는 기분 이었다 내가 알고 있다 하더라도 이미 그들의 세계는 일반적인 법과 상식이 통하지 않는 세계임을 나는 나도 모르게 수시로 잊어 먹고 마는 것이다 참 미치고 환장할 노릇이다 이역만리 바다 건너에서 들어와 장시간 저임금 노동의 '제2의 전태일'로 살아가는 외국인 노동자들에게 따뜻한 마음 전달해 주지 못했을 때 시인이 겪은 황당함과 부끄러움은 '참 미치고 환장할 노릇이다'라는, 신경현 시인의 목소리가 그대로 배어 있는 어구에 응축되어 나타나 있다.

이 '미치고 환장할 노릇'은 부끄러움 안에서만 생겨나지 않는다. 「미치고 환장할 충고 ― 단식 중인 기륭전자 동지들을 생각하며」에서는 아예 시 제목으로 등장하기도 한다.

여기서 시인은 여성 노동자들의 옥신각신하는 미치고 환장할 이야기를 들으면서 미치고 환장해한다. 기륭전자 동지들이 해고가 무서워 80일을 굶었던 것이 아니라 노동자 계급으로서 자본의 폭압에 저항하기 위해 단식을 감행했던 것뿐인데, 이야기가 돌고 돌아 노동자 단식의 책임과 원인을 엉뚱한 곳에서 찾는 사람들의 이야기를 들으며 시인은 미치고 환장해한다.

그렇다면 피는 돌아야 하는데 피는 돌지 않고 근육은 불끈불끈 꿈틀대야 하는데 자본가 앞에서 자지러지고 마는 이 미치고 팔짝 뜀 정도의 세상, 절규하며 살아가는 사람들의 목소리가 여기저기서 웅성 웅성대는 이 미치고 팔짝 뛸 세상은 또 어떨까?

신경현 시인은 다음 시에서 대한민국을 뭐라고 불러야 하는지 자문 하지만 그 대한민국 또한 미치고 팔짝 뛸 나라일 뿐이다.

"그 곳에 우물을 파서 그 나라 사람들을 도와준다는 한 달 만원이면 이 건기의 나라 모든 곳에 우물을 팔 수 있다고 이야기하는 저 훈훈한 대한민국을 나는, 뭐라고 불러야 하나"(「슈먼 후세인이 잡혀간 날 TV를 보며」) 삼성이 훈남 광고를 내보내며 백혈병으로 죽어가는 노동자들의 삶을 매몰차게 내던지는 짐승의 얼굴을 은폐하듯이 대한민국은 우물과 훈남 이미지를 통해 국내 노동자들의 탄압을 은폐하는 금수강산禽獸江山일 뿐이다.

그럼에도 불구하고 1달러로 하루를 살아가는 아프리카의 아이들에게 기부를 해야 하는지 말아야 하는지 갈피를 잡을 수 없어 미치고 환장할 도리 밖에 없다.

신경현 시인의 시에는 유독 밥이 눈에 자주 뜨인다.

「저 눈을 보아라」, 「신자유주의 만세」, 「내려놓고 싶은 새벽 두 시」, 「꽃무늬 팬티」 등 주린 배와 배고픈 눈을 만들어낸 자본주의에 주목하는 신경현 시인에게 밥은 "함께 먹어야 더 따뜻해지는 이 밥"(「따뜻한 밥 ― 3 · 8 세계 여성 노동자의 날에 부쳐」)이기도 하고 반성의 매개체이기도 하다.

「밥값」에서 시인은 밥을 먹으면서 밥을 "죽음을 통해서만 비로소 자신의 이름과 자신의 작업복과 자신의 동료들이 알려질 때 내 분노와 의지는 과연 마치 그 동안은 몰랐던 것처럼 한 노동자를 죽음으로 내 몬 비정한 자본주의 사회를 비판하는 저 세상과 어떻게 다를까 생각"하는 반성의 매개물로 사용한다.

한 노동자가 죽음을 관통했을 때에야 비로소 내 분노와 의지가 발동되는 것인지, 자본주의 사회를 비판하는 내 분노와 의지 또한 비정한 것은 아니었는지, 시인은 밥을 매개로 깊은 사색을 한다. 특히 다음과 같은 시 「씨팔, 기막힌 밤 이었다」는 짜장면이라는 밥에서 촉발된 깊은 서정이 봉오리를 여는 봄꽃에 실려 만개한 듯하다.

　　세 손가락을 프레스에 잡아먹힌 손으로도
　　능숙하게 술을 먹는 그를 보면서
　　그 손은 어떻게 된 거냐고
　　분명 눈물 콧물 흘릴 그이의 어머니를 생각하면
　　왜 하필 이런 개 같은 나라엘 왔냐고
　　돌아가선 다신 이 나라는 잊어버리라고
　　말하고 싶은 밤 이었다

　　그러나 끝내 별말 없이
　　우리는 그 밤의 짜장면을 먹을 수밖에 없었다
　　씨팔, 기막힌 밤 이었다

　　노동자는 손가락을 세 개나 잃어버렸지만 중국집 사장이 성의 없이 던져 준 메뉴판에서 고른 짜장면이 불어터진 몰골로 나타났을 때 그 몰골을 손가락 없는 손으로 주워들어야 했던 날도 기막힌 풍경이지만, 밖에는 눈이 내리고 주전자는 덜덜거리며 끓고 있는, 기가 막혀 뭐라 표현할 길이 없는 기막힌 풍경 앞에서 시인은 욕 말고는 말문이 막힐 뿐이다.

말하고 싶었지만 짜장면으로 말을 억눌러야 했던, "창 밖 어둠보다 더 깊이 내려앉은 시간을 넘기고 있었"던 순간의 풍경도 기가 막힌 밤의 풍경이었지만 나머지 두 손가락으로 술잔을 드는 모습을 쳐다본다는 것도 기가 막힌 풍경이었을 터이다.

밥에서 촉발된 뜨거운 눈물의 서정은 「씨팔, 기막힌 밤이었다」만이 아니라 신경현 시인의 시 곳곳에서 확인된다. 시인이 소유한 서정의 촉수는 「발가락」 같은 시에서 아버지를 향하기도 하고 「멀었나 보다, 아직」에서는 목련꽃 지는 소리에 아파하는 별들을 향하기도 한다.

이 두 편의 시는 같은 장에 실려 있기도 하지만 그 탓에 서로서로 이미지를 중첩시키기도 한다. 「멀었나 보다, 아직」에서 목련꽃 지는 소리에 짧은 기침을 하는 별들은 「발가락」에서 마른 기침을 달고 살아가는 남루한 생의 아버지이기도 하고 목련꽃 지는 소리는 기다릴 일이라곤 죽음 밖에 없는 아버지의 생이기도 하다.

유난히도 건강을 지킬 수 없었는지 신경현 시인은 자신의 몸을 눈에게까지 투영시킨다. 신경현 시인의 「고전적으로 눈이 내리고」는 눈의 깊이만큼이나 서정의 깊이가 투영된 시다. 서정의 붓 끝이 종이에 이렇게까지 깊이 배어들고 종이 안으로 파고들 수 있다는 것을 보여준 절창이다.

소복 소복
거리와 지붕과 나무 위로
내리는 이 눈은
충분히 고전적이다

막차를 기다리다 지쳐 담배에 불을 붙이고
후미진 골목길 돌아 찾아가는 불 꺼진 단칸방
공장 담벼락 옆으로 난 불안한 농성장
눈이
마른기침을 하며
먹먹하게
수북 수북
고전적으로 내리지만
끝내 아무 말이 없다

내리듯 말듯 하다 다시 소복 소복 내리는 눈발에서 마른기침 소리를 듣는 시인은 「씨팔, 기막힌 밤 이었다」에서처럼 고전적인 풍경을 통해 전혀 고전적이지 않은 현실을 비춰준다. 눈은 '끝내' 불안한 농성장에도 불 꺼진 단칸방에도 아무런 말을 걸지 않기 때문이다.

"내가 알고 있거나 모르고 있거나 상관없이 내리는" 눈에서 시인이 외로워하는 것은 고전적으로 보일지 모르지만 현실 바깥에 내리는 눈 때문이다. "끝내 아무 말이 없다"라는 구절은 고전적이기는커녕 옴싹하다는 느낌을 독자들에게 전달해준다.

무언의 고전이 전달해주는 이 무서움은 「지나 간다 ─ 故 박지연씨를 죽음으로 내 몬 삼성 앞 1인 시위를 하며」를 읽으면 좀 더 구체적으로 드러난다.

눈 또한 사람들의 발걸음처럼 아니면 구름처럼, 고전적으로 지붕 위로 내리는 것이 아니라 야멸치게 지나가는 것이기 때문이고 진정으로 가난하고 곤궁한 삶과는 아무런 연관 없이 지나가는 것이기 때문이다.

유니폼을 입은, 굽은 허리를 한, 진한 화장의 아가씨인 듯한, 아이의 손을 잡고 가는 여자인 사람들이 지나 간다/ …… 머릿결을 쓸어 넘기기도 하고 옷깃을 펄럭이기도 하고 바지와 치마를 슬쩍 건드리기도 하던 바람이 지나 간다/지나가는 길, 지나치는 길, 올려다 본 길, 내려다 본 길 위에서/귀찮은 듯 질문도 없이 시선만 남겨 놓고 지나 간다/쫓기듯 곤궁한 삶이 지나 간다

귀찮은 듯 질문도 없이 시선만 던지고 지나 가는 이 무감의 풍경은 고전적인 눈으로 덮을 수 없는 무서운 현실이다. 쫓기듯 곤궁한 삶들의 종종걸음이라 하지만 이 무감의 풍경은 끝내 아무 말 없는 무언의 겨울 풍경을 닮았다. 그래서, 시인은 외롭고 현실은 무서우리만치 오싹한 것이다.

신경현 시인은 펄펄 땀이 나는 머리를 식혀가면서까지 쇠주를 즐기고 그 탓에 몸을 건사하지 못할 때도 있지만 남들 못지않

은 독서광이다.

그의 성서노조 일터 컴퓨터 주변에는 늘 책들이 놓여 있고 그는 늘 옆구리에 책을 끼고 다닌다. 그래서인지 시적인 감각으로 촉발시킨 감정을 현실 인식에 능숙하게 쏟아 붓는다.

스스로 도끼가 되기 전까지
믿으라 주절대는 도끼를 믿지 마라
믿었던 도끼는 늘 네 발등만 찍었을 뿐
믿지 말고 속지 말고
찍지 마라
스스로 도끼가 되기 전까지

같은 시 「도끼 ― 투표에 대하여」는 간결하지만 선거가 민주주의와 아무런 연관이 없음을 극명하게 보여준다.

이러한 시인의 도끼날 같은 현실 인식은 2장 '신 자유주의 만세'에 집중되어 있다.

「질문. 2 ― 해고는 살인이다」, 「국까의 민주주의」, 「묻지 마라, 그 물음의 해답을」, 「CCTV」, 「죽은 자를 추모하고 산자를 위해 투쟁하라」, 「여기는 중환자실 ― 해고된 동희오토 노동자와 그의 아버지, 어머니를 생각하며」 등의 시에서 시인은 살인과 다를 바 없는 해고를 서슴없이 자행하는 신자유주의에 도끼날을 들이댄다.

노무현 정부가 ― 더 거슬러 올라가면 김대중 정부부터 본격

화된 것이고 박정희 정권 때에도 이미 신자유주의의 맹아가 싹
트기 시작한 것이지만 — 만들어 놓은 신자유주의의 덫 위에서
꽃놀이패를 즐기는 이명박 정부에 이르기까지 국가 권력은 사
람들을 개발욕망의 노예로 만들어 놓고 생산 영역 안에서는 착
취를, 생산 영역 바깥에서는 수탈을 감행하며 자본의 자유를 구
가한다.

시인 스스로 자신을 '피도 눈물도 없는 놈'으로 규정하듯이
시인의 현실 인식은 386세대와 절차적 민주주의를 자랑스럽게
생각하는 노무현 정권의 인식을 훨씬 넘어서 있다.

노무현 대통령이 죽은 후 모든 사람들이 대통령의 죽음을 슬
퍼하였으나 시인은 스스로를 "이 처참하도록 무시무시한 슬픔
앞에 슬퍼할 줄 모르"(「피도 눈물도 없는 놈」)는 피도 눈물도 모
르는 인간으로 규정한다. 당연하고 정확한 현실 인식이다.

노무현 대통령의 처참하도록 무시무시한 슬픔에 앞서 노동
자 민중은 그 보다 더한 처참하도록 무시무시한 슬픔에 휩싸여
있기 때문이고 노무현 정권은 누구보다 먼저 나서서 노동자 민
중을 탄압하였기 때문이다.

그래서 신경현 시인은 「증언」에서 보듯이 "이래 저래 죽은
놈만 불쌍한기라"고 한탄하고 「잠시, 이 밤을 기억하자 — 기륭
투쟁 문화제에 부쳐」에서는 "우리의 이름은 슬픔과 절망이다"
라고 탄식하지만 그것이 "언젠가부터 생산성 앞에서 깊어지고
넓어지는 자유, 저들의 자유 앞에서 우리는 외로웠다"(「묻지 마

라, 그 물음의 해답을」)고 말하듯이 생산성을 앞세운 '자본의 자유'에서 비롯한 것임을 분명하게 인식하고 있다.

그 자본의 자유가 노동자들의 삶을 지하막장으로 몰아간 대가라는 것은 분명하다.

「죽은 자를 추모하고 산자를 위해 투쟁하라」에는 자본주의의 본질을 발가벗기는 칼날 같은 인식이 드러나 있다.

찢어지고 갈라진 세계
파편화되어 고립된 세계
더 이상 내려갈 곳 없는 지하막장의 세계
멈출 수 없는 생산제일 끝없는 욕망의 세계
욕망 앞에 무참히 주저앉은 세계
한숨과 눈물과 절망의 세계
까만 얼굴 기름 때 전 목장갑들의 세계
그 앞에서 나는,
너희들의 선진노사문화 창조를
시퍼런 칼날에 잘려나간 피울음으로 듣고
국가경쟁력 강화를
더 높고 더 깊게 덮쳐올 학살의 징조로 듣고
노동의 유연성을
곧 무너질 삶의 위기로 듣는다

신경현 시인의 현실인식 내지는 현실 진단이 있기 전부터 노동자 민중들의 삶은 박살났고 해고와 자살로 뒤범벅된 채 노동자들의 삶 또한 진저리나도록 착취당해 왔다.

시 「평택」에서 시인이 "누군가의 죽음이 누군가의 행복이 되고 누군가의 눈물이 누군가의 웃음으로 변하는 세상"이라고 읊조리듯이 대한민국 1% 인구의 행복이 99% 노동자 민중의 눈물을 훔쳐가는 날강도 세상으로 변해 버렸다.

이 금수강산의 대한민국만이 아니라 흡혈귀 같은 자본주의의 야수성 앞에서 무엇보다도 중요한 것은 자본의 자유에 대해 맞장 뜰 수 있는 노동의 자유다.

그래서 시인은 「CCTV」에서 다음과 같이 결단한다.

인간의 경계를 넘어 반인간의 길을 걷는
물증과 확신과 생산량에 모든 것을 거는
너는
내 실체를
그저 말 잘 듣는
그저 말 할 줄 아는
기계로 파악하지만

아니다
아니다 나는,
너의 생산량 앞에 대상화 된 인간이
너의 반인간화에 무릎 꺾이는 인간이
결단코 아니다

신경현 시인은 얍삽한 인간도 피도 눈물도 없는 인간이 이제
는 더 이상 아니다.

자본의 자유 앞에 굴종하는 기계도 아니다. 그것보다 더욱 더
중요한 것은 스스로 자유로운 인간이되 그 자유가 '노동의 자유'
일 때에만 가능한 것이라는 사실을 인식하는 일이다. 따라서 이
제 신경현 시인은

네 감시가 도달할 수 없는 곳에서
네가 보지 못하는 곳에서
네 포획의 폭력이 존재하지 않는 곳에서
인간과 인간이 만나는 곳에서
자유로운

'나'일 뿐이다.

노동자가 자본생산성으로부터 자유로워질 수 있는 길은 자
본의 집행위원장인 '국가'에 대한 명확한 현실인식이다. 자본과
국가로부터 동시에 자유로울 수 있을 때에만 노동해방을 획득
할 수 있기 때문이다.

그러나 우리는 국가 안에서 민주주의를 찾는데 너무 익숙해
있다.

국가가 민주주의의 보루인 것처럼, 국가가 내세우면 모든 일
이 다 해결되는 양 국가주의에 지나치게 경도되어 있다. 그러나

신경현 시인은 국가의 허점을 명확하게 꿰뚫어보고 있다. 그래서 시인은 '국가'를 '국까'라고 비판하고 있는 것이다.

필자는 신경현 시인의 시 「국까의 민주주의」를 예전에 다른 기회에서 미리 볼 수 있었다. 그 때 필자는 어려운 국가론을 한 마디로 응축해 놓은 시적인 성취에 놀란 적이 있었다. 평상시 시인의 많은 독서량이 응축되어 찾아낸 시적 성취는 그야말로 촌철살인의 그것이었다.

민주주의는
오직 국까의 것
노동자들에게
농민들에게
빈민들에게 민주주의는
남산 위의 저 소나무 철갑을 두른 채
용납하지 않네

국까의
국까를 위한 민주주의는
부자들과
국회의원들과
군인들과
경찰들과
대통령만이 호명하고
길이 길이 보전할 수 있는 이름

민주주의를 국까 안에서 찾는 것
그것은 미친짓
얼빠진 생각
불가능한 꿈

더 이상 요구하지 마라
국까에게
민주주의를

민주주의는 오직 노동자 민중의 민주주의가 될 때에만 의미 있다는 어렵사리 발리바르의 책을 읽고 나서 얻는 지식이 아니다.

노동현장에서 때로는 이주노동자들에게 부끄러움을 느끼고 미치고 환장할 정도의 의식 혼란을 겪으며 벼리고 벼려진 노동자의 인식을 통해 얻어지는 것이다.

문제는 민주주의를 강탈해간 국까로부터 민주주의를 회수해오는 것이다.

절차적 민주주의를 획득했다고 자화자찬하는 노무현 정권은 노동자 민중들의 삶을 배반했고 노무현 정권이 터 준 길 위에서 이명박 정권은 승승장구 노조말살의 기세를 몰아가고 있는 중이다. 노무현 정권이 민주주의의 새 역사를 다시 썼다는 것은 허위일 뿐이다.

그것이 새로운 진보라는 것도 허구일 뿐이다. 「죽은 자를 추모하고 산자를 위해 투쟁하라」에 나오는 까만 얼굴 기름 때 전 목장갑들의 세계와 그것은 전혀 무관하다.

민주주의와 새로운 진보가 진실인 것은 중산층에게나 어울리는 말이다.

그런데도 여전히 노동운동은 선거철만 되면 그 배반의 역사를 기억하면서도 선거에 나선다. 싸우고 투쟁하고 파업은 하지 않으면서 협상과 선거 시장을 기웃거린다.

이것은 신경현 시인이 보기에 국까에게 민주주의를 요구하는 노동운동의 그릇된 습관성 질환이다. 「태극기가 바람에 펄럭입니다」에서도 신경현 시인은 부대끼고 요동치는 노동자 민중들의 흔들리는 삶에 아랑곳하지 않는다는 듯 펄럭이는 태극기를 비판한다.

대구 시청 앞 국기 게양대
태극기가 바람에 펄럭입니다
……
입도 돌아가고 팔 다리가 꺾인 채
장애인 생존 외면하는 대구시청 규탄한다
장애인 주거권 보장하라
느리고 힘겹게 외칩니다
……
떠밀린 장애인들이 보입니다

박살난 천막들이 보입니다
오랜만에 햇살은 따뜻한데
바람은 적당히 나무를 흔들며 불어오는데
태극기는 참 좋겠습니다
하늘 높이 하늘 높이 펄럭여도
누구 하나 뭐라는 사람 없으니
태극기는 참 좋겠습니다

태극기로 표상되는 국까는 생존권, 주거권, 보행권에서 밀리고 밀려난 장애인들의 흔들리고 요동치는 삶과는 무관하게 천상에서 펄럭인다.

천막 한 번 치려고 하면 경찰이란 경찰은 다 동원해 천막을 박살내지만 태극기는 천상에서 고요한 춤을 즐긴다.

노동자 민중들의 삶이 피폐해지고 노동이 극단적으로 불안정 상태에 들어섰지만 국까는 천상에서 태극기와 바람을 타고 한량처럼 고즈넉한 춤이나 즐기는 이 미치고 환장할 세상에서 우리는 아직도 국까의 품 안에서 민주주의를 찾는 미망의 세계에 푹 빠져 있는 것이다. 신경현 시인의 이러한 시적인 성취는 「타는 목마름으로」의 김지하도 일찍이 간파하지 못했던 것이다.

김 지하의 민주주의에 대한 갈망이 추상적으로 흐를 수밖에 없었던 것은 그가 국가에 대해 사고하지 않았기 때문이다. 이러한 국가에 대한 비판적인 의식의 부재는 박 노해의 「노동의 새벽」에서도 마찬가지다.

　　그렇다면 민주주의를 어떻게 노동자 민중 자신의 것으로 만들 수 있는가? 현재 노동자 민중은 고립되어 있다. 신경현 시인의 시 도처에 갈려 있는 외로움의 정서로 가득 차 있다. 시인의 시 「묻지 마라 그 물음의 해답을」처럼 시인 개인에게 그 질문의 해답을 요구할 수는 없다. 그러나 절절하게 눈물, 슬픔, 외로움으로 절어 있는 시인의 영혼은 그 해답을 살쩍 전해 준다.

달콤한 거짓말들
협박하는 거짓말들 앞에
부질없는 시대와 망상들
근거 없는 희망과 말들
그 모든 말들과 생각들은
필요 없다
말들 속엔 피가 돌지 않고
생각 속엔 근육이 꿈틀대지 않는다
말과 생각 밖에 살아 숨쉬는
손을 맞잡고 어깨를 걸어 물결을 만드는
가슴과 가슴으로 번져 마침내 불꽃을 지피는
낡은 사진 속에 무용담이 아닌
몸과 몸이 만나 마침내 이루어지는 거대한 사랑
사랑이 필요하다

미망의 시대를 끝장내야 한다.
능동적 복지든 보편적 복지든 뭐든 기본소득이든 뭐든 민노

당이든 진보신당이든 미망의 시대를 걷어내야 한다. 생산성, 국가경쟁력, 신자유주의, 선진노사문화 창조 등 온갖 달콤한 거짓말에 더 이상 휘둘려서도 안 된다. 문제는 말과 생각들이 아니다.

끝장낼 것은 끝장내고 선을 분명하게 그을 것은 분명하게 그어야 한다.

그래서 마침내, 다시 시작하자. 피가 돌고 근육이 꿈틀대는 거대한 사랑과 파업으로 이 헛되고 헛된 미망과 혼돈의 시대에 작별을 고해야 한다.

싸우고 파업하고 사랑하지 않으면서 국가에게 복지와 민주주의를 요구하는 것은 일종의 물 타기다. 서구의 사민주의가 계급투쟁의 결과라는 것을 망각하지 말자.

멀었나 보다, 아직.

그러나 외로워하지 말자.

다시 시작하는 길이 멀고 험해도 다시 시작하자.

월급쟁이가 아니라 노동자, 노동자가 아니라 노동자계급과 함께, 자본의 편에 선 정규직 노동자들을 버리고 다시 시작하자. 신경현 시인의 절절하고 기막힌 외로움을 덜어주기 위해서라도.

시인의 말

　전태일 열사가 '근로기준법을 지켜라'라는 불의 외침을 토하고 산화해 가신지 40년이 지난 지금, 비정규직 노동자를 비롯한 이주 노동자, 영세 사업장 노동자들은 따뜻한 밥 한 끼조차 맘 놓고 먹기 힘든 세상이다. 그리고 아직도 일부 정규직 노동자들을 제외한 대부분의 노동자들은 거리에서 혹은 쫓겨난 공장 앞에서 '근로기준법'을 지키지 않는 자본에 맞서 투쟁하고 저임금과 장시간 노동에 죽어나가고 있다.

　노동자들의 슬픔과 고통과 분노로 저물어 가는 위기의 시대.

　그러나 지금 이 위기의 안과 밖을 살펴보면 자본이 더욱 불리한데도 불구하고 오히려 노동이 계속 밀리고 있다. 언제까지 밀리고 밀릴지……알 수 없다.

　용산과 평택에서 벌어졌던 살인을 저들은 추억이라 말 하고 우리는 당분간 기억조차 하기 싫은 패배와 절망으로 읽어야 하겠지만 늘 그렇듯 달이 차면 기울기 마련이라 생각하며 살아나갈 수밖에 없다.

　비록 우울하고 강팍한 세상이지만 나는 여럿이 둘러 앉아 먹는 밥을 생각하며 이 시집을 세상 속으로 떠나보낸다. 세상 속으로 떠난 이 시들이 누군가에겐 희망이 되고 누군가에겐 분노로 읽히길 간절히 원하고 있지만 그건 내 욕심일 뿐…….

시를 쓰면서 내 시는 거짓말을 하지 않았던 것 같은데 시를 쓰는 내가 자꾸 거짓말을 하는 것 같아 부끄러울 때가 많다. 앞으로 덜 부끄럽게 살고 싶다.

마지막으로 성서공단 영세 사업장 노동자들과 이주 노동자들의 노동기본권을 위해 오늘도 열심히 투쟁하고 있는 성서공단 노동조합 조합원들에게 다시 한번 고맙다는 말을 전하고 싶다.

2010년 11월
신경현